大偵探
福爾摩斯

美味的殺意

SHERLOCK HOLMES

登場人物介紹

頭腦靈活、
知識豐富、
分析力強，
可在混亂一片的
犯案現場中
重組犯案的經過。

身手敏捷、
精於拳術，
據傳其出拳力度
可達120公斤！

喜愛音樂和閱讀，
小提琴技藝已達
演奏級。

目光銳利、
槍法如神、
觀察力也超強，
能捕捉迅速移動的
物體，以避過攻擊，
又能在犯案現場
發現警方常常
忽略的線索。

奔跑速度極快，
只需11秒就能
跑完100米。
彈跳力也很厲害，
足可與專業
籃球員比擬。

福爾摩斯

居於倫敦貝格街221號B，
史上最著名的私家偵探。

華生

曾是軍醫，為人善良又樂於助人，是福爾摩斯查案的最佳拍檔。

李大猩&狐格森

蘇格蘭場的孖寶警探，愛出風頭，但查案手法笨拙，常要福爾摩斯出手相助。

小兔子

扒手出身，少年偵探隊的隊長，最愛多管閒事，是福爾摩斯的好幫手。

夏普

私家偵探，是個尋人專家，曾於第22集出場。

賈森

倫敦大學化學系研究生，也是大學化驗所的兼職化驗員。

羅奇

高營養奶品廠的營銷部經理。

奧肯父子

奧肯釀酒廠的老闆。

大偵探
福爾摩斯
美味的殺意

死亡晚宴

「羅奇先生，今晚我請客，不用客氣。吃吧。」頭戴氈帽的男人，嘴角露着**不懷好意**的微笑道。

滿頭大汗的羅奇以恐懼的眼神看了看放在桌上的**龍蝦**，再望向坐在餐桌對面的男人，和站在他身後的兩個**彪形大漢**，戰戰兢兢地說：「我……我不餓……」

「不餓？」男人笑了笑，向身後的大漢說，「他說不餓呢，你們認為他有沒有說謊？」

「嘿嘿嘿，美食當前，哪有不餓的道理。」其中一個大漢答道，「老闆，我認為他百分百是說謊。」

男人把頭一側，說：「羅奇先生，他說你說謊呢。」

「不⋯⋯我⋯⋯真的不餓。」羅奇的額角滲出一顆特大的汗珠，一直流到下巴，無聲地滴到盛着龍蝦的碟子上。

「羅奇先生，你這樣太過不給面子了，叫我怎樣向父親交待？是他千叮萬囑，叫我好好

接待你的啊。」男人的聲音雖然平和，但卻隱隱然滲出一股令人難以抵抗的**威懾力**。

「這……」羅奇猶豫了一下，「好吧，我……我吃一點吧。」說完，他以顫動的雙手拿起了刀叉，**笨笨拙拙**地切開龍蝦，取出殼裏的肉吃起來了。

「嘿嘿嘿，這才像樣呀。」男人笑道，「你知道嗎？這龍蝦是**活養**的，非常鮮味，你不吃的話，就太浪費了。」

「是……是的……味道的確很好。」羅奇**心神不定**地說，「我……我從沒吃過這麼好的龍蝦。」

「哈哈哈，當然啦。」男人笑道，「其實，要做出好吃的海鮮，除了廚師要好之外，最重要的還是新鮮，材料不新鮮的話，怎樣弄也不會弄出像樣的菜啊。」

「⋯⋯」羅奇不知道該如何回應，只好用餐巾抹了抹額頭上的汗，然後又低下頭來默默地吃。不過，他的眼尾卻不時偷看擱在男人左手邊的、那把被擦得烏黑發亮的手槍。

「**吃、吃、吃。**」男人笑道,「繼續吃,一定要吃光啊。」

「唔……」羅奇用力地點點頭,他的嘴巴裏已**塞**滿了龍蝦肉,沒法發出聲來。

過了一會,他終於好不容易地把整整一隻龍蝦吃完。

「嘿嘿嘿,吃完了嗎?」男人笑問。

「**吃……吃完了。**」羅奇又抹一抹額頭上的汗說,「請問……我可以走了嗎?」

「走?」男人冷冷地笑道,「嘿嘿嘿,我還沒請你喝酒呢。」說着,他拿起早已放在桌上的**紅酒**,倒進羅奇的酒杯裏。

「不好意思,我……我不會喝酒。」羅奇慌忙說。

男人沒理會他,只是看着紅

酒「咕咚咕咚」地注滿了羅奇的酒杯。

「不懂喝也得喝，你知道嗎？」男人說，「我老爸最重視面子，你不賞面喝，他會不高興的。」

「這……我真的不會喝……不如改喝咖啡吧，可以嗎？」

「別開玩笑了。紅酒已開瓶了，不喝就會變酸，這樣暴殄天物，你會害我給老爸責罵啊。」

男人有點不高興了。

「**可是……我真的不會喝……**」

男人突然一手抓起手邊的槍，以槍嘴對着羅奇，說：「哼！你真的不賞面嗎？」

羅奇被男人的動作嚇得瞪大了眼睛，縮在椅上不知如何是好。

「」

「這……」

「**喝!**」

「……」

男人霍地把槍舉起，指着羅奇高聲威嚇：「**喝!**」

「好的、好的，我喝。」羅奇不敢怠慢，馬上拿起酒杯，地把裏面的酒喝個清光。

「**哈哈哈！**只要肯喝，就能喝嘛。」男人笑道，「看！你不是很會喝嗎？」說完，他又抓起酒瓶，為羅奇又灌滿了一杯酒。

「夠了……夠了……」

「怎會夠，這杯也是你的，快喝！」男人**晃了晃**手上那把烏亮的手槍。

可能是酒精的影響吧，這時，羅奇的臉孔已變得赤紅，豆大的汗珠掛滿了他的兩頰。他看了看男人手上的槍，再看了看滿滿一杯的紅酒，只好**萬般不願意**地拿起酒杯，又**咕嚕咕嚕**地把酒灌進嘴裏。

「**哈哈哈！好酒量！**」男人高興地誇獎，並馬上又抓起酒瓶，又為羅奇灌滿了一杯。

「這……我真的不行了……」羅奇**苦苦哀求**，「請你……放過我吧。」

「什麼？」男人**勃然大怒**，「我請你喝酒，你竟然說什麼『放過我』！**不識抬舉**，是不是不想要命了！」

說完，他「**啪**」的一聲，用力地把槍柄在桌上擂了一下。

「**哇呀！**」羅奇被嚇得不禁驚叫。

這時，男人已不再說話了，他以沒有感情的眼神盯着羅奇，緩緩地舉起手槍，把黑洞洞的槍嘴又指向眼前驚恐萬分的**獵物**。

「我喝！我喝！」
羅奇連忙拿起酒杯，一
口氣就喝下了。

男人把槍嘴晃了晃，指了指酒瓶，又指了指
羅奇。羅奇意會，慌忙抓
起酒瓶，把餘下的酒全倒
到自己的杯子裏，然後一
飲而盡。

「把酒拿來！」男人一聲令下。

「**咚**」的一聲，一枝酒又擱在桌上。

羅奇兩眼已佈滿血
絲，他不待男人催促，
已**自動自覺**地拿起酒
瓶，倒滿一杯又一杯，

喝下一杯又一杯，連喝了三枝紅酒。最後，他

終於支持不住，「嘭」的一聲倒下來了。

「外面沒有人吧？」男人向身後的大漢問道，「快把他處理掉吧。」

就在這時，房門打開了，一個胖嘟嘟的女侍應走進來，慌慌張張地說：「老闆，外面來了幾個休班警察，說要吃宵夜。我說已打烊了，但他們說燈還亮着，就得開門做生意……我攔也攔不住，就給他們闖進來了。」

「哼！警察就是這麼霸道。」男人罵道，

「他們坐在哪裏？」

「坐在大門口右邊的那一桌。」

「現在把他從大門抬出去的話，會給他們看到。」一個大漢說。

男人往嘴邊掛着唾沫的羅奇瞄了一眼：「哼！算我倒霉，待那些警察離開後，再送他上路。」

「啊，對了。」大漢像想起什麼似的問，「那個被關在牛場的化驗員怎辦？要一併處理嗎？」

「他嗎？」男人冷冷地一笑，「嘿嘿嘿，他可能還有點用處，先關着吧。」

「明白了。」

男人再瞄了一下不省人事的羅奇，吩咐道：「把他留在這裏也不安全，反正警察們坐

死亡晚宴

的位置看不到通往**廚房**的走廊，你們把這傢伙
抬到廚房去捆起來吧。」

「知道了，老闆。」兩
個手下點點頭，馬上開始
行動。

大頭男嬰

　　陰沉沉的天空，正刮着*冷颼颼*的風。街上的行人不是用圍巾把脖子裹得**密不透風**，就是把頭縮到大衣的領口裏取暖，每一個人都顯得*行色匆匆*。

　　在這麼冷的天氣，福爾摩斯本來只想**窩**在家裏取暖，但早已約了華生一起去吃晚飯，就只好頂着冷風走到華生的診所去。

　　當他走到華生的診所門外，正想推門進去時，卻瞥見一個臉容瘦削的*老婦人*瑟縮在街角，手上還抱着一

個嬰兒。老婦人看了福爾摩斯一眼，馬上又神色慌張地垂下眼簾。

在這麼冷的天氣，抱着嬰兒站在街角幹什麼呢？不怕嬰兒着涼嗎？福爾摩斯想了想，就走過去問道：

「老太太，你在這裏等人嗎？這條街當

風，天氣又這麼冷，當心小寶寶着涼啊。」

「我……」老婦人抬起頭來，欲言又止。

「你還要等多久？不如這樣吧，到裏面坐坐，先**暖和**一下吧。」福爾摩斯向診所的門口指了一下。

WATSON CLINIC

WATSON CLINIC

BEE N

「可是……」

「不用客氣，診所的醫生是我的好朋友，他不會介意的。」說着，福爾摩斯已推開診所的大門，呵護着老婦人走了進去。

「啊，你來了，我正在等你呢。」華生已穿上了大衣，看來已準備好離開。

「我們坐一會才走吧，讓這位**老太太**暖和一下。」福爾摩斯讓老婦人坐下。

「她在街角等人，已被冷得不成樣子了。」福爾摩斯湊到華生耳邊，輕聲道。

「啊，明白了。」華生點點頭，「反正晚飯遲一點吃也沒關係。」

「其實……」忽然，老婦人開口說話，「其實，我是來看醫生的。**不過……我沒有錢……**」

「啊？是嗎？」福爾摩斯想也不想就爽快地說，「你找對人了。華生醫生平時賺得太多，所以常常**免費**為人看病，不然錢太多也不知怎樣花，壓力也太大。」

「什麼？」華生緊張地說，「你不要*信口雌黃*，

我哪有錢花不完啊。」

　　福爾摩斯沒理會華生，向老婦人繼續說：「趁這位**好醫生**尚未改變主意之前，快點道謝吧。」

　　「啊，是的、是的。」老婦人慌忙向華生說，「謝謝你，醫生。」

　　華生只好**擠**出尷尬的笑容，說：「沒關係，你想看什麼病？」

　　「不，不是我。」老婦人搖搖頭，「是我的**小孫兒**病了。」

　　「啊？是嗎？讓我看看。」說着，華生湊過頭去，看了看老婦人懷中的**嬰兒**。

「啊……你孫兒的頭！」一看之下，華生**臉色大變**。

福爾摩斯連忙也湊過去看，當那嬰兒的**頭顱**闖入眼簾時，心中霎時閃過一下有如電擊似的**戰慄**。

他眼底下的小寶寶，竟然是個頭顱大得異乎尋常的**怪嬰**！

「怎會這樣的？」福爾摩斯擔心地問。

「我⋯⋯我也不知道。」老婦人顫動着嘴唇說，「他初生時還是好好的，但現在已6個月大，體重反而變輕了，頭和臉也脹起來。最初，我們還以為他長得胖，好可愛。可是，後來覺得越來越不對勁⋯⋯」

聽到老婦人這樣說，華生知道事態嚴重，說：「來，讓我檢查一下。」

說着，華生為男嬰測量了體溫，發覺他有輕微發燒。此外，還發現他身體有幾處地方的皮膚都潰爛了。可是，就是找不出發病的原因。

「奇怪，怎麼會這樣呢？」華生摸不着頭腦。

「會不會是中毒？」福爾摩斯問。

「唔⋯⋯」華生想了想，轉過頭去問老太太，「小寶寶除了定時喝奶之外，有沒有吃其他東西？」

「沒有呀。」老太太搖搖頭，「他這麼小，只能喝奶，還不能吃其他東西。不過，我的媳婦一向**體弱多病**，奶水很少，所以他沒有**母乳**喝，只能喝**牛奶**。」

「那麼，他睡的地方是否整潔？會不會自己可以拿到什麼東西放到嘴裏去？」華生再問，他要確認一下男嬰是否**誤吃**了一些有毒的東西。

「他的皮膚出了點問題後，我們特別注意他的整潔，他不會碰到有毒的東西。」老太太**一口否定**。

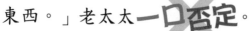

「那麼，小寶寶有沒有**肚瀉**？」華生問。

「啊，這個嗎……？」老太太有點猶豫，「他確實肚瀉得較多，但

很多小孩子也會這樣呀。」

「是的。」華生點點頭，「不過，我們不能放過任何可能性，**中毒**也是必須考慮的病因之一。」

「那……那麼，現在怎辦？」老太太焦急地問，「有辦法治好他的病嗎？」

「唔……」華生沉思片刻後說，「必須找出他的**病因**，我才能**對症下藥**。這樣吧，我陪你到市政府的大醫院去，為小寶寶做一個精密檢查，再看看怎樣**處方**。」

「對不起，今晚不能與你一起吃晚飯了。」華生轉過頭去對老搭檔說，「我送他們兩婆孫去醫院。」

「沒關係，看病要緊。」福爾摩斯聳聳肩，

27

不以為意地說。

這時，我們的大偵探以為華生只是遇上了一宗罕見的病例，並沒有把它放在心上。然而，一場**席捲全城**的**大風暴**卻已悄悄地刮起來了……

尋人專家

　　「昨天晚上，你很晚才回來呢。」正在閱早報的福爾摩斯，向剛從睡房出來的華生說。

　　「是啊，昨天晚上把那個**大頭小霎霎**送到市政府的大醫院後，跟駐院的醫生談了許久，搞了一個晚上。」仍然**睡眼惺忪**的華生答道。

　　「那麼，找到病因了嗎？」

　　「還沒有找到。」華生說，「不過，院方也覺得病情有點**詭異**，於是安排男嬰留院觀察，並決定為他做一個精密檢查，要幾天後才有結果。」

福爾摩斯頗感興趣地說：「我從未見過這種怪病，你查出病因後一定要告訴我，好讓我記錄在案。」

華生沒好氣地苦笑。他知道，老搭檔對所有詭異的事情都好奇，還特別買了本又厚又大的記賬簿把形形色色的個案記下來。當中，還有不少是自己提供的奇難雜症。

就在這時，門外響起「咚咚咚」的敲門聲，一個男人走了進來。

「咦？你不是夏普先生嗎？」福爾摩斯一眼就認出了這個不速之客。

「上次全靠你，我才能撿回一條性命，真的非常感謝。」夏普**腼腆地**撓撓頭，有點難為情地說。

這個夏普也是私家偵探，是個**尋人專家**。年前，他為了尋找一個失蹤的退役軍人，在一條村莊中突然**人間蒸發**，還幾乎丟了性命。幸好，在福爾摩斯和華生的追查下，他才能逃出生天。*

「你這次來，難道又是為了尋人？」福爾摩斯好奇地問。

「是的，我接了一個**棘手**的案子，一個人應付不了，想請你幫忙。」夏普也不客套，**單刀直入**地說。

「哦？你是尋人專家呀，你辦

*詳情請閱《大偵探福爾摩斯⑫連環失蹤大探案》。

不到的，我也未必能辦到啊。」

「不，我懷疑失蹤案的背後有**幕後黑手**。」夏普忽然壓低嗓子，「而且，說不定失蹤者可能已被殺了。」

「什麼？」福爾摩斯吃了一驚，「難道失蹤案變成了**兇殺案**？請你快說來聽聽。」

「是這樣的……」夏普**一五一十**地道出案情。

7天前，即是1月10日，一個名叫**巴克曼**的老先生走來請我尋子。他說兒子名叫**賈森**，現年25歲，是倫敦大學化學系的研究生，在**1月5日**離開學校的**化驗所**後，就失去了蹤影。

巴克曼先生在兒子失蹤兩天後報了警。
警方只是在失蹤人口**名冊**上記下了名字，
並沒有去尋人，因為倫敦每天都有人失
蹤，要找也找不了那麼多。後來，老先生
得悉我是尋人專家，於是來找我幫忙。

　　我首先從他的**學校**入手調查，
看看能否找出一些線索。可是，我
走訪了賈森的同學和教授，他們都**異**
口同聲說他是個又開朗又
友善的學生，絕少與人爭
執，不會因為惹上**仇家**而
失蹤。此外，他在校中
沒有女朋友，看來也
不會為戀愛而**私奔**。

　　我知道他在大學的化驗所兼職，於是走去他

工作的地方看看。化驗所的上司和同僚對他也交口讚譽，說他是個勤奮的年輕人，做事絕不馬虎，只是最近他的媽媽病了，除了情緒比平時有點低落外，一點異樣也沒有。所以，大家對他突然人間蒸發，也感到莫名其妙。

啊，對了。他工作的化驗所隸屬大學化學系，除了作教學和研究用途之外，也接受外間的委託為各色各樣的物品做化驗。在失蹤前，賈森正在化驗一瓶客戶交來的牛奶。不過，他還沒提交化驗報告，就失蹤了。而且，連那瓶牛奶樣本也不翼而飛。

要知道，客戶交來的樣本很重要，除了拿一部分來化驗之外，必須把其餘部分妥善保管才行。在正常的情況下，樣本是不可能丟失的。因為，客戶可以控告化驗所**失職**和索取**賠償**。不過，令人奇怪的是，那位委託化驗牛奶的客戶在賈森失蹤後再也沒有**露面**了。

「唔……此事確實奇怪。」福爾摩斯聽完夏普的憶述後說，「這麼說來，不僅賈森失去蹤影，連**牛奶樣本**和那個**客戶**也不見了呢。」

「正是如此。」夏普說。

「那麼，你有沒有去找那客戶？」一直在旁聽着的華生，也好奇地問道。

「當然有去找，*事有蹺蹊*嘛。」夏普說，

「那客戶在化驗所留下了聯絡方法，我一查之下，更有驚人發現。」

「驚人發現？」福爾摩斯和華生都緊張起來。

「對，我查出那個委託人叫羅奇，表面上他只是一個普通的營銷部經理。」夏普一頓，然後煞有介事地說，「不過，他任職的公司叫高營養奶品廠！」

「奶品廠？那不算是驚人發現吧？」華生感到掃興，「他在奶品廠任職，把牛奶拿去化驗，很正常呀。」

「不，你聽我說。我掌握了這條線索後，就假扮化驗所的職員走去那間奶品廠調查，訛稱遺失了牛奶樣本，要找羅奇先生道歉。」

羅奇

「那個羅奇怎樣說？知道他為何不去化驗所追討化驗報告嗎？」福爾摩斯問。

「他沒說什麼。」夏普「**咕咚**」一聲，吞了一口唾沫，「因為⋯⋯**他和賈森一樣，也神秘失蹤了！**」

「什麼？」福爾摩斯和華生幾乎從椅子上彈起來。

「他們兩個人都失蹤了。」夏普說着，走到窗前往樓下看了看，然後才回過頭來說，「不僅如此，自從我去過那間**奶品廠**後，常感覺到被人**跟蹤**。我來這裏，也故意穿過幾家店鋪的後門，擺脫了跟蹤的人才敢上來的。」

「真的？」華生也慌忙走近窗邊，**小心翼翼**地往下看了一下。

福爾摩斯沉思片刻，問：「那位羅奇先生是哪一天失蹤的？」

「據他的妻子說，他是在 **1月6日** 失蹤的。」夏普答。

「1月6日？那就是說，他是在賈森消失後

第二天就失蹤了嗎？」福爾摩斯再三確認。

「對。」夏普臉帶憂慮地說，「他們一前一後**連環失蹤**，我看這絕非偶然，當中必有關連。」

「有道理。」福爾摩斯說，「除了失蹤時間相近外，他們都接觸過一瓶**牛奶樣本**，這或許也不是**偶然**。」

「所以，我認為應該從兩人的**連繫點**，即是牛奶樣本這條線索去調查。」夏普說。

賈森　　　牛奶樣本　　　羅奇

「一瓶牛奶並不值錢，又怎會令到兩人失蹤呢？」華生摸不着頭腦，「而且，如何從牛奶入手調查呢？」

「很簡單，既然羅奇是高營養奶品廠的經理，此案也因化驗牛奶而起，當然是去市面上買一些高營養奶品廠出產的牛奶化驗一下，看看可以找到什麼線索。」福爾摩斯說。

「好的，這個就交由我去辦吧。」夏普立刻站起來說，「失蹤了幾天仍毫無半點

消息，我怕他們已遇害了，必須快點找出真

相。」

　　「拜託了。」福爾摩斯說，「我會通知蘇格

蘭場的朋友，要他們特別留意這兩個失蹤者。

萬一兩人真的遇害了，說不定他們的屍體很

快就會被警方發現。」

嬰兒牛奶

過了幾天，華生**氣喘吁吁**地趕回貝格街221號B，他一看到福爾摩斯，就驚惶萬分地說：「終於查出**大頭嬰**的病因了，我懷疑與羅奇和賈森兩人失蹤的案子有關！」

「什麼？怎會這樣的呢？」福爾摩斯大感意外。

「醫院檢查過大頭男嬰後，發現他嚴重**營養不良**，開始時

還以為男嬰的家人沒有好好照顧。但經過深入了解後，知道男嬰的家人雖然窮，但並沒有疏忽照顧，每天都有買嬰兒牛奶餵給男嬰吃。」

「既然有牛奶吃，又怎會營養不良？」

「問得好，如果牛奶本身含有12%至18%的蛋白質，男嬰是不會出事的。」華生解釋，「可是，醫院找來男嬰常吃的奶化驗，發現奶的蛋白質含量只有1%到2%，和白開水沒有兩樣，根本不能提供足夠的營養。所以，男嬰喝了幾個月劣質奶後，血漿的滲透壓過低，水分容易在組織液內積聚，發生水腫，令頭變得越來越大，相較之下身軀就顯得越來越瘦。」

	正常牛奶	劣質牛奶
含蛋白質	12%～18%	1%～2%

43

「竟然有這樣的事情？」福爾摩斯不禁大吃一驚。

「而且，更令人震驚的是，原來醫院最近已收容了數十個有同樣病徵的嬰兒，他們**不約而同**地，都是在出世後一直喝市面上的牛奶。」

「啊⋯⋯」福爾摩斯明白華生的意思了，「有這麼多嬰兒發病，證明銷售和製造劣質奶的網絡已在倫敦成形，當中一定牽涉龐大的利益。」

「對，據醫院的化驗師說，製造那些劣質奶的成本很低，利潤非常豐厚。」

「這麼說來，高營養奶品廠的嫌疑很大，說不定羅奇發現自己工作的地方竟然在製造劣質奶，為了掌握確鑿的證據，他就暗中把劣質奶的樣本拿去給倫敦大學的化驗所化驗，當

化驗員賈森得出驚人的結果後，他們就被人**滅聲**，突然**人間蒸發**了。」福爾摩斯推測。

　　「有道理。」華生說，「而且，犯人們為免留下證據，把那瓶劣質奶的樣本也偷走了。」

　　「好可惡的商人！」福爾摩斯**義憤填膺**，「為了賺錢，竟然置那些弱小嬰兒的生死於不顧！」

「不過，夏普正在收集牛奶樣本化驗，只要證明那些樣本是劣質奶，高營養奶品廠一定**難逃法網**的！」華生也很生氣。

　　就在這時，夏普剛好**匆匆忙忙**地趕到，可是，他說的第一句話，卻完全出乎福爾摩斯和華生的意料之外──「高營養奶品廠生產的所有樣本，都合符**營養標準**，它們含有的**蛋白質**一點也沒少。」

「什麼？所有樣本都沒問題？」福爾摩斯不敢相信自己的耳朵。

「是，我已叫化驗所**再三化驗**，確實沒有問題。」夏普肯定地說。

「太奇怪了，我和華生還在推測高營養奶品廠在製造劣質奶呢。」福爾摩斯把華生發現**大頭嬰孩**和**劣質奶**的事一一告知。

「啊……」夏普十分驚訝，但馬上又冷靜下來，「太奇怪了，如果高營養奶品廠的奶沒問題，羅奇為什麼要找化驗所驗奶呢？此外，他拿去的牛奶樣本又是不是**高營養奶品廠**的產品呢？如果不是，那樣本又從何而來呢？」

「這麼詭秘的案子，我還是第一次遇上……」福爾摩斯**沉吟半晌**，「不過，他們的失蹤不會與劣質奶無關，只要找出劣質奶的

源頭，相信不難揪出**元兇**。」

「什麼奶？什麼元兇？」這時，三人身後忽

然響起一個聲音。

他們轉身一看，原來是小兔子。

「你怎麼來了？我們正

在辦**正經事**，走走走！」

福爾摩斯不客氣地驅趕。

「哎呀，好心沒好報。」

小兔子說着，遞上一封**電報**，

「在樓下碰到郵差叔叔，我是代他

送電報來的。」

「電報？」福爾摩斯接過電報，一看之下，突然**臉色大變**。

「怎麼了？」華生問。

福爾摩斯**神色凝重**地說：「是狐格森發來的，上面寫着：『羅奇遇溺死亡』。」

ROACH WAS DROWNED.

「**什麼？**」

華生和夏普大驚。

福爾摩斯想了想，對夏普說：「事態越來越嚴重了，我們必須趕緊找出**真相**。你馬上再去羅奇上班的奶品廠調查，看看能否查出他失蹤前最後**露面**的是什麼地方。我和華生立即去找蘇格蘭場的朋友，看看他們在羅奇的**屍體**身上有何發現。」

「好的。」夏普用力地點點頭，「上次去調查時，我已認識了幾個與羅奇要好的**同僚**，現在證實羅奇死了，為了查明真相，相信他們一定願意透露更多**情報**，或許可以查出一些什麼來。」

「不過，你要小心。」福爾摩斯提醒，「你上次說去過奶品廠後被人**跟蹤**，這次重訪舊地，必會更惹人注意。」

「我會小心的。」說完，夏普就匆匆忙忙地

走了。

一個小時後，福爾摩斯和華生已找到蘇格蘭場的孖寶幹探**李大猩**和**狐格森**，把已知的案情詳細告知，並指出——羅奇很可能是被殺的。

「什麼？你認為羅奇是被殺的？」李大猩兩人意外得瞪大了眼睛。

「還不能

一口斷定，但**他殺**的可能性很高。」

「可是，驗屍官在羅奇的血液中驗出高含量

的酒精，又在他的胃中發現一些龍蝦肉，更在他的肺中發現大量積水，按常理推斷，他是宴會中一邊吃龍蝦一邊喝酒，醉酒後墮入河中溺斃才對啊。」狐格森說。

「真的嗎？」福爾摩斯眉頭一皺。

華生知道，如果羅奇是在死後才被兇手棄屍於河中的話，他的肺中不可能大量積水。因為，人死了就會停止呼吸，不會把水吸進肺裏。反之，如果羅奇墮河時未死，他在掙扎下就會拼命呼吸，把河水吸進肺中，引致大量積水。所以，肺

積水證明他是溺斃，意外死亡的可能性大增。此外，驗屍官又發現羅奇的血液中含有酒精，更加強了這種可能性。一個人醉了，確是很容易**失足墮河**的。

這時，河馬巡警陪着一個滿臉淚痕的中年婦人走了進來。

河馬巡警走到李大猩身邊，輕聲說：「羅奇太太已認過屍了，死者確是她的**丈夫**。不過，她不相信丈夫醉酒失足墮河。」

「是嗎？」李大猩**性子急**，馬上趨前問道，「羅奇太太，聽

說你不相信羅奇先生醉酒──」

「他不會醉酒！」羅奇太太還未待李大猩說完，就含着淚搶道，「他是個滴酒不沾的人，一個不喝酒的人又怎會醉酒？」

「什麼？你先生從不喝酒？」福爾摩斯眼底閃過一下疑惑。

「是，他從不喝酒。」羅奇太太肯定地說。

「他會不會破例喝了一些呢？」李大猩

問，「你知道，有些人雖然不喝酒，但在朋友勸酒下，也會應酬一下。喝着喝着，就容易喝醉了。」

「不。」羅奇太太使勁地搖頭，「他對酒精敏感，喝酒後不久就會全身起紅疹和發癢，就算

朋友如何勸酒他也不敢喝的。」

　　各人不禁啞然。他們都知道，要是羅奇真的不敢喝酒，醉酒失足之說就很難成立了。

　　福爾摩斯想了一下，把李大猩和狐格森拉到一旁，輕聲道：「看來，我們要**再次驗屍**，看看能否找到其他 線索 了。」

　　四人留下羅奇太太，連忙走到停屍間，把羅奇的屍體仔細地再驗了一遍，果然，在他的身上發現因敏感導致的**紅疹**。不過，最叫他們感到

驚異的是，竟在屍體的鼻孔中找到一種**海藻**

類植物，更

驗出他肺中的水含**鹽**量很高，證明那些積水可能是**海水**！

　　這些發現，令案子顯得更**撲朔迷離**了。

海藻 和 海水

「實在太奇怪了，在河中溺斃，鼻孔中怎會有海藻和肺中怎會有海水呢？」狐格森驚訝地道。

「對，而且那條河距離海岸很遠，不可能有海水倒灌到河裏去的情況。」李大猩也摸不着頭腦。

「唔……」福爾摩斯沉思片刻，「這說明此案不是失足墮河引致溺斃的意外，而是有人故意撈起在海中溺斃的羅奇，再運到河中棄屍。如果這個推理沒錯，已可證明這是一起偽裝成醉酒意外的兇殺案！」

「可是，那條河距離最近的海岸也要兩個小

時的車程。」狐格森質疑，「兇手為何要把屍體**搬來搬去**那麼麻煩？」

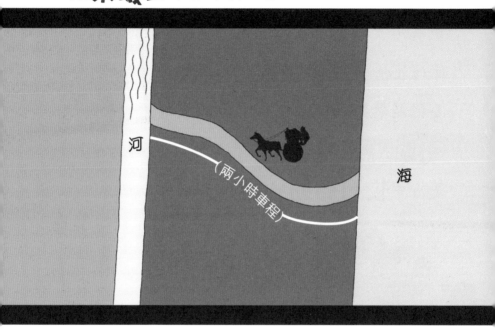

河

（兩小時車程）

海

「嘿嘿嘿，這麼簡單的道理也不明白嗎？」李大猩嘴角微揚，揶揄道，「如此**勞師動眾**，當然是為了掩飾死者遇害的地點啦！」

「這……！」狐格森聽得出**言下之意**是說

他蠢，想反駁，剎那間又找不到適當的理由。

「唔……海岸線這麼長，就算兇手在海中把羅奇淹死，警方也不可能確定他的**遇害地點**啊，沒有必要把屍體搬來搬去吧？」福爾摩斯

自問自答似的說。華生暗笑，他知道老搭檔是暗中**拔刀相助**，提醒狐格森如何回應。

「對！對！對！」狐格森如獲至寶，「所以說，可以排除『兇手想掩飾死者遇害地點』的推論。」

「你……！」李大猩一時**語塞**，但馬上反擊道，「那麼，你說！兇手為什麼搬動屍體！」

「我……我當然知道，但不會告訴你！」狐格森別過臉去，擺出一副**不理睬**的樣子。

「哎呀，你們別吵了。」福爾摩斯說，「我

雖然提出了不同的**觀點**，但李大猩的分析也不能一口否定，因為在過往的兇案中，兇手把屍體由一個地方搬到另一個地方，大部分原因都是為了**掩飾案發地點**。在這宗兇案中，我們只是不知道兇手為何要掩飾羅奇在海中溺斃的事實罷了。」

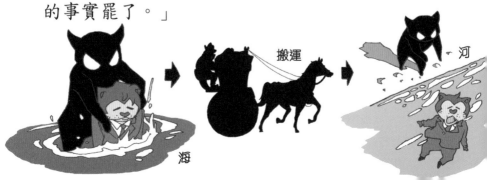

海　　　搬運　　　河

「換句話說，只要查出兇手**為何把海中的屍體搬到河中棄屍**，我們或許就能破案了？」華生問。

「唔……」眾人陷入沉思。

突然，李大猩眼前一亮，叫道：「**啊！我明白了！**」

「明白什麼？」狐格森緊張地問。

「嘿嘿嘿，你不明白嗎？」李大猩**故弄玄虛**地稍作停頓，然後才**煞有介事**地說，「**是船！**海與船有關，兇手棄屍河中，是不想警方聯想到出海捕魚的船。我們可以循船的方向調查！哈哈哈，我真聰明！」

「哼！還以為有什麼大發現。」狐格森以

不屑一顧的語氣道，「就算知道與船有關，那又怎樣？難道我們逐條船去搜，把兇手抓回來嗎？你是否開心得太早了？」

「什麼？」李大猩怒道，「起碼我們可以**縮小調查的範圍**呀！不值得開心嗎？」

「哎呀，你們怎麼又吵起來了。」福爾摩斯連忙勸止，「每一個可能性都很重要，李大猩提出的論點也很有用。不過，我們更不要忽略死者在死前曾經**喝酒**這個事實，因為當中已提供了一些重要的**信息**。」

「什麼信息？」李大猩問。

「有以下**四個信息**。」福爾摩斯把分析一一道出。

①**羅奇喝酒與被殺的時間相距至少超過兩三個小時**。因為，人體從開始吸收酒精至出紅疹，一般需兩三個小時。如果羅奇喝酒後在兩個小時之內溺斃，他的身體上不會出現紅疹。因為人一旦死亡，身體機能會迅速停止，包括皮膚敏感在內。

②**羅奇是被人強行灌醉的**。因為他滴酒不沾，卻喝了那麼多酒，除了被強迫灌下外，實在找不出其他原因。

③

河　　海

④

③**這是一宗有預謀的兇殺**。因為兇手以灌醉羅奇來製造他醉酒墮河的假象，又把屍體作長距離搬運，一定經過精心策劃，不會是一時衝動殺人。

④**兇案不是羅奇的熟人所為**。因為熟人應該知道他對酒有敏感，不會用灌醉的方法來製造意外，這會引起警方疑心。

華生、李大猩和狐格森聽完大偵探的分析

後，**不約而同**地陷入了沉思。他們都知道，

這四個信息表明，

羅奇觸怒了一個他不認識的兇手，令

這個兇手要設計把他 **置於死地**！

而這個兇手很可能與**劣質奶**有關。

因為，羅奇失蹤前曾把一瓶牛奶交到化驗所

化驗，而負責化驗的大學生賈森卻連同牛奶一起

人間蒸發。與此同時，倫敦最近又出現了數十

個喝了劣質奶的**大頭嬰兒**。這些

都不可能是偶然碰在一起的事情。

就在這時，羅奇太太也走進停屍間來，有點歉意地說：「對不起，我剛才太激動了，忘了告訴你們一樣與酒有關的東西。」

「**與酒有關的東西？**」福爾摩斯眼前一亮，「那是什麼？」

「一張**酒莊**的**宣傳單張**。」羅奇太太說，「在丈夫失蹤後，為了找尋他去了哪裏的**蛛絲馬跡**，我在家中搜遍了他的物品，但什麼也沒發現，只是在他一本常看的書中，發現夾着那張單張。我覺得有點奇怪，他不喝酒，怎會去拿一張酒莊的宣傳單張呢？不過，當時我也

不太在意，以為他不知在什麼地方拿到傳單，隨手就把它夾在書內當作書籤。」

「剛才你知道他死前喝過酒，所以就想起那張傳單了？」福爾摩斯問。

「是的。」羅奇太太頷首。

「那傳單仍在嗎？」李大猩問。

「還在，我把它夾回那本書中。」

「很好，我叫河馬巡警陪你回家，請把傳單交給他。」李大猩說，「這可能是一條重要線索。」

一個小時後，河馬巡警匆匆忙忙地趕回來，並遞上那張傳單。

福爾摩斯等人拿來一看，發覺那只是一張很普通的宣傳單張，上面只是印着幾款不同的葡萄酒，還有價錢和簡介。

　　「奧肯釀酒廠？」福爾摩斯注意到傳單上的名字，「那是一間很著名的釀酒廠，座落在奧肯鎮。」

　　「什麼？奧肯鎮？」狐格森赫然一驚，「羅奇的屍體正是在流經奧肯鎮下游的一條河中被發現的！」

「啊！難道他的死與奧肯釀酒廠有關？」李大猩十分驚訝。

「唔……可能性很大，起碼可以證明他對這間**釀酒廠**產生了興趣。」福爾摩斯皺着眉頭說，「可是，**一間釀酒廠又怎會與劣質奶事件扯上關係呢？**」

「不管怎樣，我們明天去實地調查一下，看看能否找到什麼線索。」李大猩已**急不及待**了。

「好！就這麼辦吧。」福爾摩斯說。

吃龍蝦的餐廳

次日，福爾摩斯一行四人來到了 **奧肯鎮**，剛下了馬車，正想走去 **釀酒廠** 附近調查時，卻看到一個熟悉的身影。原來那不是別人，竟是私家偵探 **夏普**！

「嘿嘿嘿，看來我們走對了調查方向呢。」福爾摩斯看着迎面而來的夏普說。

「怎麼你們也來了？難道你們也發現金冠餐廳有可疑？」

「金冠餐廳？什麼意思？」

福爾摩斯訝異地問。

「我去羅奇工作的奶品廠查問，知道有人目擊羅奇失蹤那天登上了一輛馬車。我好不容易找到了那輛馬車的**馬車夫**，從他口中得悉，羅奇當天乘車來了此鎮，並在一間金冠餐廳前下了車，所以就跑來看看了。」夏普說。

李大猩**不可置信**：「難道羅奇老遠跑來此鎮是為了吃一頓飯？」

「這個我就不清楚了。」夏普搖搖頭，「不過，我已悄悄地問過本地人了，那間餐廳的確很出名，特別是**海鮮**，據說魚和蝦都是**活養**的，非常新鮮。」

「實在太奇怪了……」福爾摩斯沉吟。

「噢，對了。你們不是為那**餐廳**而找到來的嗎？」夏普問。

「不，我們來此鎮的目的，是想去**奧肯釀酒廠**調查。」福爾摩斯把驗屍後得出的結果和傳單的事一一告知。

「原來如此。」夏普聽完後說，「奧肯釀酒廠和金冠餐廳一定有某種**關連**，因為它們**不約而同**地把我們帶來了這個小鎮。」

「哎呀，好多搞不清的問題呀。」李大猩拚命**撓頭**。

「是啊，此案實在太複雜了。」狐格森也有點着急了。

華生心想，這確是一起非常複雜

的案子。圍繞着羅奇的，已有 牛奶樣本 、醉酒、
海藻 、 肺積水 、奧肯釀酒廠的 宣傳單張 和
金冠餐廳 這六個沒有太大關聯的元素，它們就
像一塊塊被拆散了的 七巧板 ，難以拼合起來。

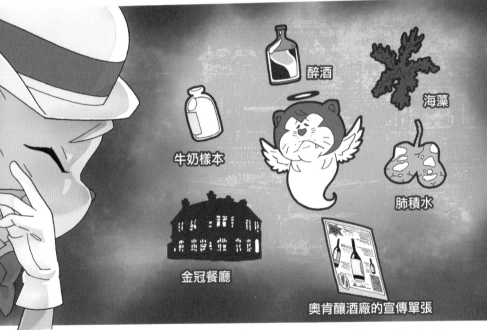

醉酒

海藻

牛奶樣本

肺積水

金冠餐廳

奧肯釀酒廠的宣傳單張

「這樣吧。」福爾摩斯的說話打斷了華生的

思緒，「我們 分頭行事 ，夏普、華生與我一

起假扮顧客到金冠餐廳調查，李大猩和狐格森

就到奧肯釀酒廠打探一下，看看能找出什麼線索。好嗎？」

「好！就這樣吧。」李大猩和狐格森點點頭，馬上就往釀酒廠走去。

不一刻，在夏普的帶領下，福爾摩斯和華生走進了座落於小鎮大街的 金冠餐廳 ，並在一個胖胖的女侍應推薦下，各自點了一客 龍蝦餐 。

吃龍蝦的餐廳

「這些龍蝦都是**活養**的，非常新鮮啊。」

女侍應堆着笑臉，端上盛在大碟子上的龍蝦。

三人看見熱騰騰的龍蝦，已**食指大動**，

暫時忘記了查案的事情，拚命地吃起來。

　　吃到半途，忽然，福爾摩斯停下來，問道：

「剛才那位女侍應說什麼來着？」

　　「唔……唔……」華生嘴裏含着蝦肉，音調

不清地答道，「她說……唔……**她說龍蝦是活養的。**」

　　「龍蝦……活養的……？」福爾摩斯看着已被吃剩一半的龍蝦，眼底突然*靈光一閃*，並輕聲喃語，「我明白了！我明白羅奇的死因了！」

「什麼意思？活養的龍蝦跟羅奇的**死因**有何關係？」夏普感到不可思議。

福爾摩斯沒有回答，只是說：「我上廁所方便一下，你們慢慢吃。」說着，他站起來，往**廚房**旁邊的廁所走去。

「他究竟在搞什麼鬼呢？」夏普低聲向華生問道。

華生聳聳肩，說：「他就是這樣，常常會說些**沒頭沒腦**的話，又會做些令人**莫名其妙**的事。我們不用管他，繼續吃吧。」

不一刻，福爾摩斯便走回來了。他看看四周，確認沒有人注意後，就悄

悄地從大衣下面抽出一個細小的**玻璃瓶**，並說：「我已取了**海水**和**海藻**的樣本。」

「海水和海藻……？」華生和夏普不約而同地赫然一驚，因為他們都記得，在羅奇的屍體上也找到這兩樣東西。

「你是從哪裏找來的？」夏普緊張地問。

「我上廁所時，偷偷地走到**廚房**看了一下，發現**龍蝦**果然是**活養**的。」福爾摩斯壓低嗓子說，「廚房中有四個大木盆，養着很多海鮮。我看見沒人注意我，就**順手牽羊**，拿了一個

瓶子，舀了點**海水**和浮在水面的**海藻**。」

「啊！難道你懷疑這海水和海藻跟在羅奇屍體裏找到的一樣？」華生問。

「沒錯。」福爾摩斯的眼底閃着寒光，「屍體裏的海水和海藻誤導了我，令我以為他是在**海中溺斃**，然後被兇手運到**河中棄屍**。但剛才那個女侍應的一句話——『**龍蝦是活養的**』——驚醒了我。要把人溺斃不一定到大海去，**一盆海水**已足夠了。而且，警方驗屍時在羅奇的胃裏發現**龍蝦肉**，這證明他死前曾吃過龍蝦，他很可能就是在這裏被灌醉的。」

「我……我明白了。」夏普緊張得「**咕咚**」一聲，吞了一口唾沫道，「兇手在這間餐廳請羅奇吃龍蝦和灌醉他，然後把他的頭按到飼養海鮮的木盆中把他溺斃，再把他的屍體運到附

近的河中丟棄，對吧？」

「就是這樣。」福爾摩斯點點頭，「不過，這只是我們的推理，最終還要把海水和海藻帶回倫敦去化驗，才能下定論。」

「接下來該怎辦？馬上趕回倫敦嗎？」華生問。

「不，先來一枝酒，然後再作打算吧。」

「什麼？」華生不悅，「現在還有閒情喝酒嗎？查案要緊啊。」

福爾摩斯沒理會華生的反對，舉手一揚，召

來了女侍應：「你們這裏的龍蝦真的好吃，請

問這裏有什麼好的

白酒？據說龍蝦配

白酒會更好吃。」

「呵呵呵，這位

先生真懂得吃。」

胖胖的女侍應笑呵

呵地答道，「紅肉配紅酒，白肉配白酒，吃龍

蝦確是最適合以味道清淡一點的白酒**佐膳**。我

去拿酒牌來。」

「啊，不用拿酒牌了。」福爾摩斯連忙說，

「我知道此鎮的**奧肯釀酒廠**很出名，這裏有

它出產的酒嗎？」

「當然有，**近水樓台**嘛。」女

侍應笑道，「你不知道嗎？我們餐廳

也是奧肯釀酒廠的老闆奧肯先生開的啊。」

華生聞言**慄然一驚**，剎那間，終於明白老搭檔為何想喝酒了。他與夏普悄悄地互望一眼，大家都**心中有數**。

「是嗎？那就太好了。」福爾摩斯對女侍應笑道，「就來一枝奧肯釀酒廠釀製的白酒吧，但要拿最好的來啊。」

不一刻，女侍應端來了白酒，並笑道：「我們老闆兩父子每天都來，他們正在那間房**用膳**呢。」說着，她下意識地往裏面的**貴賓房**看了一眼。

夏普待女侍應走開後，壓低嗓子興奮地說：

「原來**奧肯釀酒廠**和這間 **金冠餐廳** 是同一個老闆！」

「這麼說來，事發當天，**羅奇**在這餐廳門口下車，可能就是為了來這裏調查奧肯釀酒廠。」華生分析。

「有這個可能，但也不一定。」福爾摩斯說，「羅奇不是**本地人**，未必知道餐廳與釀酒廠屬於同一個老闆。所以，更大可能的是，釀酒廠的人約羅奇來這間餐廳**會面**，然後用**飼養海鮮的海水**溺斃他。」

「有道理，在自己的餐廳好辦事，行兇時不容易讓人發覺。」夏普頷首同意，「不過……**劣質奶**跟**酒**又有什麼關係呢？」

「這個嘛──」福爾摩斯說到這裏時，突然停下來，並向華生和夏普遞了個**眼色**。

華生意會，他朝老搭檔眼神所指的方向悄悄地瞥了一眼，原來有兩個人從貴賓房步出，一個看來已60多歲，另一個看來則只有30來歲。看他們一身的衣着，就知道是老闆級的人物。不用說，兩人就是女侍應口中的奧肯父子了。

他們一老一少**昂首闊步**，一副 *不可一世*

的樣子，大步走出了餐廳。

「好神氣呢。」夏普說。

「嘿嘿嘿，如果羅奇的死與這間餐廳有關，

相信他們只能神氣多幾天。」福爾摩斯信心十

足地說。

釀酒廠

為免打草驚蛇，三人假裝很享受似的喝光整瓶白酒，然後才施施然地結賬離開，走去與李大猩和狐格森早已約好的公園會合。

抵達公園時，只見李大猩和狐格森已在等候了。

「唔？你們喝過酒來嗎？」狐格森的鼻子很靈敏，一見到三人就問。

唔？

「喝了一枝很醇美的白酒，還吃了一頓豐富的龍蝦餐。」福爾摩斯舔舔唇邊道。

「什麼？你們真懂得享受！」李大猩不滿地說，「難為我們還未吃午飯啊。」

「不，我們吃喝也是為了查案。」福爾摩斯把剛才在餐廳的發現詳細地說了一遍。

「原來如此。」聽完解釋後，李大猩雖然心

裏不爽，但也無法責怪。

「你們那邊怎樣了？在釀酒廠查到了什麼嗎？」福爾摩斯問。

「唉……」狐格森歎道，「什麼也查不到。去到時剛好是午膳時間，我們在廠房門外借故攔住幾個去吃飯的員工查問。據他們說，釀酒廠的運作一切正常，老闆兩父子雖然有點高高在上的感覺，但他們待人不薄，所以問不出什麼來。」

「所以，我們只好再到鎮上的警察局去了解，知道釀酒廠已有20多年歷史，是鎮上的大企業之一，每年都交很多稅，又從沒出過什麼亂子，連顧客投訴也沒有，表面看來那是一間十分正派的釀酒廠。」李大猩補充。

「是嗎？」福爾摩斯有點失望，「這麼正派的

釀酒廠怎會與**謀殺**和**劣質奶**扯上關係呢?」

「就是啊,我甚至還覺得這間廠正派得有點過分呢。」李大猩說,「因為有個員工透露,他們老闆每天都會把**酒糟***運去送給農民當**肥料**,一來不會浪費,二來可減少垃圾。」

「這麼說來,奧肯兩父子簡直就是個模範商人了。」華生有點佩服地說,「剛才在餐廳看到兩人**趾高氣揚**的樣子,還以為他們是壞蛋,真是人不可貌相呢。」

*釀酒後剩下的渣滓。

「且慢……」福爾摩斯想了想，向李大猩問道，「剛才是不是說釀酒廠會把酒糟拿去當肥料？」

「是呀，有什麼問題？」李大猩訝異地反問。

「唔……把酒糟作肥料？雖然確實是個環保的好主意，但總覺有什麼不對勁的地方——」福爾摩斯說到這裏，突然眼前一亮，「啊！那些酒糟可以當作肥料，不也可以當作飼料嗎？」

「飼料……？」夏普問，「你的意思是，可以用來餵乳牛？」

「沒錯。」福爾摩斯說,「要是把**酒糟**當作**飼料**,不就能把看似毫無關連的釀酒廠與劣質奶**連結**起來嗎?」

說着,福爾摩斯拿出一張紙,把一環扣一環的**犯罪連鎖**繪下來。

釀酒廠━━━━━用葡萄或小麥

釀酒━━━━━餘下酒糟(釀酒

後的渣滓)━━━━━當作飼料━

━━━━━拿去餵乳牛━━━━━

從乳牛身上榨取牛乳

製成劣質奶━━━━━餵給嬰

兒喝━━━━━產生大頭嬰

看到這幅圖後，眾人皆恍然大悟。

「福爾摩斯先生，你的**聯想力**實在太厲害了！竟然從酒糟就可以聯想到與劣質奶的關係！」夏普佩服地說。

「嘿嘿嘿，你過獎了。」福爾摩斯笑道，「我沒有那麼好的聯想力，只是**歷史知識**比較豐富罷了。」

「歷史知識？什麼意思？」夏普問。

「大約40年前，美國**紐約**曾經發生過一宗轟動一時的劣質奶事件，害死了幾千個嬰兒。那些劣質奶就是來自**酒糟**

餵養的乳牛。」福爾摩斯說，「由於 酒糟 的營養成分很低，乳牛長期吃這種飼料，本身就已營養不良。所以，在牠們身上也不會擠出有營養的奶。要是嬰兒長期吃這種劣質奶，身體自然會出現問題。當我聽到李大猩提起酒糟後，就想起這段從書本上看過的歷史了。」

「豈有此理！原來用酒糟來餵牛，我們馬上去奧肯釀酒廠抓人！」

李大猩非常憤怒，他說完轉身就走。

「對！對！對！馬上去抓人！」狐格森也**急不及待**地說。

「且慢。」福爾摩斯連忙勸止，「我們要有**證據**證明釀酒廠用酒糟餵牛，並搗破他們製造劣質奶的**秘密工場**，才能抓人呀。」

「哎呀，這個鎮**方圓**過百哩，要找出那個秘密工場得花好幾天啊。」李大猩不耐煩地說。

「嘿嘿嘿。」福爾摩斯別有意味地一笑，「不用找，對方會**自動自覺**地帶我們去。」

「什麼？自動自覺地帶我們去？」眾人面面相覷。

半小時後，福爾摩斯一行五人分別僱了兩輛馬車，一輛由李大猩和狐格森乘坐，另一輛則由福爾摩斯三人負責，**一先一後**地來到奧肯釀酒廠的入口附近停下，遠遠地監視着出出入入的人和馬車。

事前，福爾摩斯早已囑咐好，只要發現**運送酒糟的馬車**從廠房開出，就一起悄悄地跟在後面，直至到達它的目的地為止。因為，福爾摩斯估計，如果奧肯兩父子真的以**酒糟**當作**飼料**餵牛，那麼，運送酒糟的馬車必定會把酒糟運到**養牛場**去。他們只要跟在後面，不費吹灰之力就能找到牛場所在，到時就可**人贓並獲**了。

「可是，我們怎知道哪一輛是運送酒糟的馬車？」華生問。

「嘿嘿嘿，酒糟有如垃圾，你以為他們會把那些不值錢的東西捆包得好好的才運出來嗎？而且，酒糟的氣味非常濃烈，相信遠遠就能聞到了。」福爾摩斯說。

果然，他們等到黃昏時分，一輛酒味濃烈的運貨馬車從釀酒廠開出來了。

「看來就是這輛了。」福爾摩斯興奮地說，「看，在車上堆得滿滿的那些東西肯定就是酒糟。」

夏普和華生定睛看去，果然，車上的貨架上堆滿了黃褐色的渣滓似的東西，不用說，那就是釀酒後剩下的酒糟。

福爾摩斯把手伸出車窗外一揮，李大猩和狐格森那一輛馬車也緩緩地開行了。這是他們早已約好的暗號。

兩輛馬車遠遠地跟在後面，前面的酒糟車完全沒有察覺。它開了半個小時左右，忽然駛進了一條小路，然後再穿過一個叢林，開進了一個非常隱蔽的農莊。

這時，福爾摩斯五人已跳下車來。

「**唔！好臭啊！**」李大猩掩着鼻叫道。

「是**牛糞**的氣味，看來農莊內就是養牛場。」狐格森也掩着鼻說。

「飼養家畜的地方一般都比較臭，但這股異臭似乎比一般的臭好幾倍。」福爾摩斯也連忙掏出手帕掩着口鼻。

五人悄悄地前行，在**不動聲色**下走近農莊。他們雖然從氣味已可猜出一二，但親眼目睹牛棚裏的景象時，還是被嚇得**目瞪口呆**。

因為，在牛棚中的乳牛都長得**瘦骨嶙峋**，好像連站着的氣力也沒有，看來都嚴重營養不良。更差勁的是，地上牛糞滿佈，到處是一灘灘的牛尿，引來**蒼蠅亂舞**，難怪**臭氣熏天**了。

「哼！在這種環境下榨出來的牛奶，又怎會有營養！」夏普氣憤地說。

「現在不是生氣的時候。」福爾摩斯道，「看，牛棚旁邊那間廠房似的建築物，看來就是**製奶工場**。我們走過去看看吧。」

「是的，找到牛還不足夠，必須找到劣質的牛奶，才能檢控他們。」華生說。

「好！我們上，一定要找到他們生產的劣質奶！」李大猩已**磨拳擦掌**。

「且慢，有人！」狐格森說。

眾人抬頭一看，果然，有一個人**鬼鬼祟**

地從製奶工廠**閃出**，還一直向他們奔來。奇怪的是，他一邊奔過牛棚一邊往後看，好像生怕有什麼東西會追來似的。

「嘿嘿嘿，自己送上門來嗎？正合我意，把他抓起來**拷問**一下，就可知道工場裏的情況了！」李大猩興奮得**裂齒冷笑**。

說着，五人連忙躲在草叢後，待那人走近時，李大猩突然伸腿一鈎，把那人鈎倒在地上，然後來一個**餓虎撲食**，一下就把那人壓在胯下，然後一手掩住他的嘴巴。

「唔……唔……唔……」那人被嚇得拚命掙扎，但又“動彈”不得。

「噓！我們是警察，不准吵！」李大猩低聲警告，「再吵就一槍斃了你！」

「唔……」那人不知道是被嚇壞了還是聽明白了，出奇地馬上安靜下來，只是瞪大眼睛拚命地搖頭。

「不吵了嗎？」李大猩問。

「嗯！」那人點點頭。

「好，我現在就鬆手，夠膽**張聲**的話，就打死你。」李大猩說完，就鬆開了手。

「**啊……太好了**……還以為沒命離開這個鬼地方……」那人鬆了一口氣似的說。

「什麼？」李大猩摸不着頭腦。

「**呀！**」夏普驚訝地問，「你……你不會就是**賈森**吧？」

製奶工場

「啊……你怎會認識我的？」那人也吃了一驚，「我就是**賈森**。」

「你怎會在這裏的？究竟發生了什麼事？」福爾摩斯問道。

「我是被人**擄**來這裏的，剛才在工場裏工作時，乘管工沒察覺，就偷偷地跑出來，準備逃走……」賈森**猶有餘悸**地一一道出他的遭遇。

原來，秘密製奶工場為了調製出有奶味的劣質奶，一

直暗中向高營養奶品廠的**廠長洛文**購入本來
應該銷毀的 **過期牛奶**，並加入化學物消去臭
味，然後再摻到劣質奶中當作 **優質奶** 出售。

　　奶品廠的營銷部經理羅奇偶然發現過期奶沒
有被即場銷毀，反而常常被人偷偷運走後，就
着手私下調查，並知道了箇中秘密。

　　他為了搜集確鑿的證據，
就從市面上買來 **劣質奶**，
並交給大學化驗所化驗，準
備向衛生部門 **告發** 上司。

不過，他的行動很快就被廠長洛文知道了。

　　「那個洛文怎會知道羅奇正在調查他呢？
而你又為何會被擄到這裏來呢？」福爾摩斯追
問。

　　「一切都是我不好。」賈森 **吞吞吐吐** 地

說，「我化驗出羅奇拿來的樣本是劣質奶後，以為那是高營養奶品廠的出品，就走去奶品廠求見廠長洛文，並向他……**敲詐**，說如果不給我**掩口費**，就把他們生產劣質奶的事……**公諸於世**。」

「什麼？」李大猩怒道，「你不是個大學研究生嗎？怎可以做**敲詐勒索**的勾當！」

「對不起……我媽身患重病，沒有錢施手術，所以……」賈森**誠惶誠恐**地說。

「算了，這個先不說，後來怎樣了？」福爾摩斯問。

　　「後來，洛文訛稱會付掩口費，約我於1月
5日的晚上在**倫敦塔**一處僻靜的地方會面。
可是，我到達不久後，就有兩個大漢撲出來向

我襲擊，我還來不及反抗就昏過去了。」賈森
說，「當我醒來時，已被關在這個**製奶工場**
的密室裏了。」

福爾摩斯眉頭一皺，問道：「他們老遠從倫敦擄你來這裏幹什麼？你剛才說什麼『**工作**』的，難道與『工作』有關？」

「是的。」賈森答道，「他們首先逼我招出劣質奶樣本的**提供者**是誰，兩天後，又說已把羅奇殺了，還說如果不想死的話，就協助他們**調製**更便宜的劣質奶。」

「啊，我明白了。」福爾摩斯說，「他們知道你是**大學化學系**的研究生，留着你不殺，是想利用你的**專長**和**知識**來為他們服務。」

「嗯⋯⋯就是這樣。」賈森**垂頭喪氣**地說，「製奶工場的管工說，過期牛奶

也要花錢買，瘦牛要養也要花錢，要是能用化學品調製出人工奶，就可大大提高產量和節省成本了。我的工作，就是負責研製人工奶。但是，我知道人工奶根本就不是奶，是會害死人的，所以就一邊假裝工作，一邊找機會逃走了。」

一切已水落石出，李大猩和狐格森從當地警方借調了大批警員，一舉搗破了製奶工場，並當場拘捕了在工場中工作的一干人等。

接着，警方又馬上拘捕了高營養奶品廠的廠長**洛文**，和奧肯釀酒廠的**老闆父子**。一查之下，發現奧肯兩父子原來也是養牛場和秘密製奶工場的**幕後老闆**。

原來，老奧肯在多年前已利用沒有成本的**酒精**來餵乳牛和製造劣質的奶品。不過，他一直都有向高營養奶品廠購買正常的奶來**摻和**自己的劣質奶，生產有一定營養成分的奶。所以，多年來都沒有被人發覺，也沒引發大頭嬰事件。

可是，當他的兒子在半年前接手管理後，卻嫌利潤不夠豐厚，轉而採用高營養

奶品廠的 過期牛奶 來摻和劣質奶，而且越摻越

稀，弄得那些劣質奶幾乎不含 蛋白質 。

　　不過，也是這個緣故，令

羅奇察覺當中的惡行，於是

着手調查。可是，當小奧肯

從洛文口中得悉羅奇正在

暗中調查後，就誘使羅奇

到 金冠餐廳 會面，製造

他醉酒後 失足溺斃 的意

外。當時，洛文並不知道

小奧肯的謀殺方法，所以

沒有把羅奇喝酒後會出 紅疹

的事告之，令謀殺案露出了 第一個破綻 。

　　此外，更不巧的是，當小奧肯把羅奇 灌醉

後，突然有幾個休班警察來餐廳光顧，而且一

吃就吃了幾個小時，阻礙了他的謀殺計劃。其間，惡棍們只好把羅奇綁起來藏在**廚房**裏，等待時機把他運去河邊。

可是，一個多小時後，羅奇的醉意已消，他暗中掙脫了繩索，並想從廚房逃出去。但他的舉動馬上被發現了，為免他揚聲驚動警察，惡棍們在情急之下，就把他的頭按到飼養海鮮的**木盆**中，直接把他**淹死**了。

之後，他們按原定計劃把羅奇丟到河裏去，以為一樣可以製造酒後意外溺斃的假象，卻沒想到因為**海水**和**海藻**的問題令這起謀殺露出**第二個破綻**。蘇格蘭場化驗過福爾摩斯從餐廳廚房裏舀來的海水和海藻後，也證明兩種樣本與

在羅奇屍體上找到的一樣，令奧肯父子不得不承認罪行。

數月後，蘇格蘭場經過深入調查，發現市面上不僅有**假賣奶**，還有**假酒**、經過**漂白的麵包**和用樹葉**染色製成的茶葉**等等，在背後操控主要分銷渠道的，竟然是**M博士**的犯罪集團！

「看來，當時跟蹤夏普的正是M博士的手下。」福爾摩斯在客廳中喝了一口茶，看着報紙的報道說，「幸好我們破案破得快，否則夏普也有**生命危險**呢。」

「是啊。」華生點點頭，「要不是**搗破**了那間製造劣質奶的工場，相信還會有更多嬰兒受害啊。」

「哼！竟然在嬰兒喝的牛奶上打主意，簡直就是**喪盡天良**，那些奸商一定要受到法律最嚴屬的懲罰！」福爾摩斯兩眼閃爍着罕見的怒火。

可是，福爾摩斯和華生都沒想到，在百多年後的今天，市面上仍充斥着**形形色色**的**黑心食品**，而**惡名昭彰**的劣質奶竟然仍會在21世紀的現代社會中肆虐！

一個星期後，劣質奶一案在倫敦地方法院開審。為了出庭作證，福爾摩斯和華生推掉了所有工作和約會。可是，當兩人正想出門之際，卻收到了一個寫着「急件」的郵包。

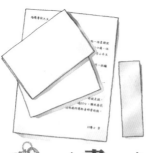

福爾摩斯打開郵包，發現裏面有一本**書**，書中藏有一把繫着匙扣的**鑰匙**、一張**金箔書籤**、一幅**倫敦地圖**、一張**室內圖**和一封**信**。

「好奇怪的東西，是什麼人寄來的呢——」福爾摩斯邊打開信邊說，可是，說到這裏時，他的臉色突然劇變。

「怎麼了？」華生問。

「夏普被M博士擄走了！」

福爾摩斯盯着信紙，罕有地顫動着嘴唇說，「如果在限時內找不到他，M博士說他必死無疑……」

預告：欲知後事如何，請看《大偵探福爾摩斯－死亡遊戲（特別版）》！

科學小知識

營養不良與水腫

　　人體要靠體液維持生命，體液又包括**細胞外液**和**細胞內液**，外液中又含組織液、血漿和淋巴液等等。血漿和組織液兩者皆有**滲透壓**。這個滲透壓，就是液體濃度較高一方把濃度較低一方的**水分**吸走的一股力量。本來血漿和組織液的滲透壓差不多，但由於血漿內含白蛋白較多，又不能透過毛細血管滲到血漿外，故血漿的滲透壓較高，會吸收組織液中的水分。當嬰兒營養不良時，血漿白蛋白減少，令血漿的滲透壓減弱，不能吸走組織液中的水分，故令水分在組織液中積聚過多，形成水腫。

圖1　營養充足

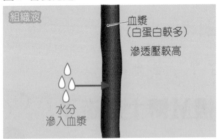

組織液

血漿
（白蛋白較多）

滲透壓較高

水分
滲入血漿

圖2　營良不良

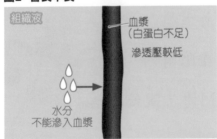

組織液

血漿
（白蛋白不足）

滲透壓較低

水分
不能滲入血漿

【酒渣奶】

又稱「泔水奶」，在19世紀中葉的紐約曾引起軒然大波。

1853年1月22日，《紐約時報》刊登了一份揭露不法商人利用酒糟餵飼乳牛的報告，指出在布魯克林和曼克頓出售的純牛奶大都是假奶，來自一間建於釀酒廠旁的奶牛場。其實，釀酒廠和奶牛場的老闆是同一人，他利用釀酒過程中產生的酒糟來餵乳牛，由於節省了飼料，獲利甚豐。但乳牛長期吃這種熱騰騰的酒糟，口和鼻都很髒，還有如喝醉後般痴痴呆呆。榨奶工人又不注重衛生，常用骯髒的手去榨奶，令奶一榨出來就受到污染。

更甚的是，為了提高產量，不法商人還會在這些牛奶中加水。之後，為消除因被水稀釋後產生的藍色，又摻入大量白堊或熟石膏。接着，為了增加味道和濃度，還會加入氧化鎂、麵粉和澱粉。最後，就加入小量蜜糖，為牛奶染上黃色，令人以為那是優質牛奶。

於1858年，一本附有插圖的雜誌再次揭露此事，由於官員的貪腐，該雜誌的主編不但沒獲嘉許，還被無理拘捕了。據說，在這段期間，紐約有數以千計的嬰兒因喝了這些假奶而死。本故事的意念，就是來自這段歷史。

白堊：「堊」音「惡」，石灰岩的一種，白色，主要成分是碳酸鈣，是製造石灰、瓷器和粉筆的原料。

熟石膏：把石膏加熱使之脫水，就會成為熟石膏，是製作石膏模型、石膏像和泥水匠用來粉刷牆壁的材料。

氧化鎂：鎂的氧化物，鎂在空氣中燃燒即可產生。可用於製造耐火隔熱的建築材料鎂水泥。在食品上，可作抗結塊劑和抗酸劑。醫學上，則可用於製造輕瀉劑和胃藥。

據說今年葡萄收成很差。

是啊。

你真環保，撿膠樽去回收。

不，這是用在奶茶上的。

會不會影響紅酒的質量？

不會。

用來裝奶茶嗎？

不，是製作珍珠奶茶。

因為今年的牛很肥。

我們的紅酒都是用牛血仿製的嘛。

珍珠用膠造才彈牙呀！

福爾摩斯科學小實驗
蛋黃變硬了！

本集中的科學小知識很有趣，原來血漿和組織液的滲透壓不平衡會引致水腫。

為了讓大家更易明白滲透壓，我們就來做一個實驗吧。

①

兩個玻璃碗
一塊紗布
一把湯匙
一個雞蛋
一包鹽

先準備好圖中的物品。

②

沙沙

把鹽倒進碗中。

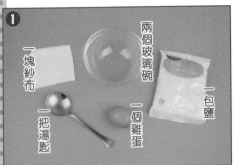

③

凹位

用水洗一洗紗布，扭乾後鋪在放了鹽的碗上，並在紗布上弄出一個凹位。

❹

把雞蛋打在另一個碗中，並取出蛋黃。

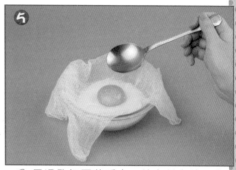

❺

用湯匙把蛋黃舀出，放在紗布的凹位上。

❻

用紗布包好蛋黃，置於鹽上。然後，再在上面撒鹽，直至把紗布完全覆蓋。然後在常溫下放置一天。

❼

一天後，拆開紗布，蛋黃變硬了！

科學解謎 在本書p.118的〈科學小知識〉中提到，液體濃度較高的一方，會把濃度較低一方的水分吸走，這股力量叫做「滲透壓」。把濕紗布包着的蛋黃置於鹽中，紗布的水分遇上鹽，就會被吸走並黏附在鹽巴上，變成含鹽的水。由於這些鹽水濃度較高，於是會慢慢地吸去蛋黃中的水分。經個一整天後，蛋黃內的水分被吸得七七八八，蛋黃也就變得硬起來了。

〔註：其實，這與《大偵探福爾摩斯㉛沉默的母親》中的〈科學小實驗──鹽的吸水法〉源於同一原理，都是利用鹽的吸水特性設計出來的實驗。〕

大偵探
福爾摩斯
美味的殺意 ㉞

原著人物 / 柯南・道爾
（除主角人物相同外，本書故事全屬原創，並非改編自柯南・道爾的原著。）

小說&監製 / 厲河　　繪畫&構圖編排 / 余遠鍠

繪畫（造景）/ 李少棠　　造景協力 / 周嘉詠

封面設計 / 陳沃龍　　內文設計 / 麥國龍　　編輯 / 盧冠麟、郭天寶

出版
匯識教育有限公司
香港柴灣祥利街9號祥利工業大廈2樓A室

想看《大偵探福爾摩斯》的
最新消息或發表你的意見，
請登入以下facebook專頁網址。
www.facebook.com/great.holmes

承印
天虹印刷有限公司
香港九龍新蒲崗大有街26-28號3-4樓

發行
同德書報有限公司
九龍官塘大業街34號楊耀松（第五）工業大廈地下
電話：(852)3551 3388　　傳真：(852)3551 3300

第一次印刷發行　　　　　　　　　　　　　　2016年5月
第六次印刷發行　　　　　　　　　　　　　　2020年7月
Text：©Lui Hok Cheung　　　　　　　　　　　翻印必究
©2016 Rightman Publishing Ltd. All rights reserved.

若發現本書缺頁或破損，
請致電25158787與本社聯絡。

ISBN:978-988-14020-2-8
港幣定價HK$60
台幣定價NT$270

網上選購方便快捷　　購滿$100郵費全免
詳情請登網址 www.rightman.net

《大偵探福爾摩斯》交通工具圖鑑

本書收錄了香港四種交通工具：巴士、鐵路、船及飛機，在大偵探福爾摩斯帶領下，輕鬆地認識各種交通工具的發展與轉變。此外，還收錄了多個與交通工具相關的俚語及有趣的小知識，知識與趣味並重。

你知道……

最早的引擎巴士何時出現？

港鐵車長一天的工作是怎樣的？

有哪些船隻在香港水域內航行？

飛機餐為何不好吃？

以上問題的答案通通都能在這本書裏找到。

香港巴士的型號與發展史

第一次世界大戰過後，香港也引入巴士了！那時馬巴士已在西方國家悄然沒落，所以一開始出現在香港的就是引擎巴士。

> 巴士在香港行駛了近100年！

20年代至30年代

引擎冷卻欄柵

利蘭獅子型單層巴士（Leyland Lion LT1），全長約8.3米，有36個座位。

Thornycroft 的 CD4LW Cygnet 型，引擎冷卻欄柵呈橢圓形是其主要特色。

香港曾擁有多間巴士公司，除了在1933年取得專權的九龍巴士和中華巴士外，還有香港大酒店公司、南興巴士公司、香港仔街坊福利會等。

大偵探福爾摩斯
全彩色漫畫版

第1集 吸血鬼之謎

第2集 史上最強的女敵手

第3集 驚天大劫案

第4集 逃獄大追捕

第5集 逃獄大追捕 II

第6集 美麗的兇器

第7集 幽靈的哭泣

第8集 沉默的母親

第9集 瀕死的大偵探

倫敦爆發黑死病疑雲,連福爾摩斯也感染絕症!華生為救老搭檔遍尋名醫,卻引來了疫情背後的殺人狂魔?

看漫畫學成語

特別強調對白中的四字成語,設附錄專欄詳盡講解。

另設小遊戲,輕鬆學知識!